D1247000

Que cache Galette dans sa salopette ?

20.95 $
Mai 06
BCH

Collection
BOTTINES

Coordination de l'édition   Louis Cabral

Lecture professionnelle   Flore Gervais
                                      Charlotte Guérette
                                      Céline Rufiange

Graphisme du livre   Échelle graphic

Impression   Litho Chic Imprimeur

Catalogage avant publication de Bibliothèque et Archives Canada

Rousseau, Lina. – *Que cache Galette dans sa salopette ?*
       / Lina Rousseau et Robert Chiasson ; illustrations,
       Marie-Claude Favreau. – Montréal : Les Éditions ASTED inc.,
       2006. – 24 p. – (Collection Bottines)

I. Chiasson, Robert. II. Favreau, Marie-Claude. III. Titre. IV. Collection Bottines.

PS8635.O865Q42 2006   jC843'.6   C2005-941986-5
PS9635.O865Q42 2006

Dépôt légal - 1er trimestre 2006
Bibliothèque nationale du Québec
Bibliothèque et Archives Canada

ISBN 2-921548-81-X

Les Éditions ASTED inc.
3414, ave du Parc, Bureau 202
Montréal (Québec) H2X 2H5

Téléphone   514 281-5012
Télécopieur   514 281-8219
Courriel   info@asted.org

Distribution
Diffusion Dimedia inc.
539, boul. Lebeau
Montréal (Québec) H4N 1S2

Téléphone   514 336-3941
Télécopieur   514 331-3916
Courriel   general@dimedia.qc.ca

*Les Éditions ASTED inc. remercient la Société de développement
des entreprises culturelles (SODEC) de son soutien financier.*

Que cache Galette dans sa salopette ?

Lina Rousseau
Robert Chiasson

Illustrations
Marie-Claude Favreau

Les Éditions ASTED
2006

BEACONSFIELD
BIBLIOTHÈQUE · LIBRARY

Coucou ! C'est moi !
Je suis Galette !

Je porte toujours une salopette
avec une petite pochette.

Qu'est-ce qu'il y a
dans cette cachette ?

Un bijou ?
Un caillou ?
Un chou ?

Un pou ?
Un hibou ?
Un joujou ?

J'adore les livres !

J'adore les livres...
les gros
les petits
les grands

où il y a...
des hippopos
des fourmis
des éléphants

J'adore les livres...
les ronds
les carrés
les pointus

où il y a...
des oursons
des chimpanzés
des tortues

J'adore les livres...
les roses
les gris
les verts

où il y a...
   des fauves
      des souris
         des dromadaires

Mais que fait Galette ?

Il est caché...

avec ses livres préférés

Et toi ?
Aimes-tu les livres ?

Clin d'œil !

Galette adore les livres et les enfants.
Il aime raconter des histoires ou en écouter.

Galette est la mascotte idéale de la lecture.
Il accompagne l'enfant dans cette activité
et les adultes dans leur animation.

Pourquoi ne pas proposer à l'enfant
de raconter ses plus belles histoires à Galette,
dans son *coin lecture* ?

Pour reproduire Galette sur carton,
le confectionner en tissu
ou simplement le colorier,
consulter l'ouvrage intitulé
Lire à des enfants et animer la lecture : guide aux parents et éducateurs,
publié par les Éditions ASTED inc.,
disponible dans toutes les librairies.